Bologna 03 GENNAIO 2022

edito Una vita di stelle library

Group A.V. ITALIA S.R.L.

unavitadistelle@gmail.com

www.unavitadistelle.com

Bologna

Questa SAGGIO è un'opera di fantasia.
Nomi, personaggi, luoghi e avvenimenti sono frutto dell'immaginazione dell'autore o usati in modo fittizio. Ogni somiglianza a luoghi o eventi reali o a persone realmente esistenti o esistite è non voluta e puramente casuale.

Una vita di stelle library, GRUPPO A.V. ITALIA S.R.L. 03 gennaio 2022.

Chiesa madre
Giuseppe D'Erasmo

IL PRINCIPIO

Un giorno come un altro compì un qualsiasi sistema con la posizione dei delineamenti, andai avanti a priori e sentii un fruscio nell'orecchio ... forse era il vento questo condizionava in me la verifica istantanea della mia formidabile e competente posizione in cui mi trovavo. Adoravo il sistema naturale della mattina mi svegliai e uscii direttamente dalla stanza,

Il signore donò la terra, vivi insieme a noi con speranza sei il profeta che esalti la nostra supplica

Vita madre porto sublime il sorriso e consacra la redenzione vinci la nostra parte di tristezza e conducici nella vita eterna

Da te Gesù viene la parola si incarnò e lì trovo pudore.

I fratelli adoravano la culla e lì si compii, gli apostoli donarono cibi e proclamarono la stella.

La sua carne dono madre pura e santa tra le stimabili genti, cammino e generosa proclamo la sua nascita e vita celeste.

Il Padre Nostro ci donò il sacramento e divenni compimento di parola di Gesù, il mistero fondato in Dio Padre Onnipotente.

Figlio del Redentor gloria a Dio onnipotente diletto in te stesso come carità eterna, immensa gloria e amore da parola di Trinità

Il Signore ci ha redenti del suo stesso sangue ascolta le nostre colpe e resisterà la sola e l'unica misericordia nei nostri figli.

Signore tu sei benedetto.

Dio dell'universo, ti ricevo attraverso il pane e il vino presenti in noi. Con te il lavoro fedele dell'uomo diventa vita eterna per noi discepoli. Cristo a te. Dio padre onnipotente che per noi hai alzato lo Spirito Santo per tutti i tuoi discepoli e la tua gloria. Caro a tutti i tuoi secoli

Il dono e il sacramento di Gesù adorabile faccia parte della mia vita di sofferenze possa inoltre servirmi di parte

potente da lui espresso come sacro cuore mio.

Lui e glorificato e adorato e beneficiato di parte eterna di noi. Il cuore fa parte eterna della volontà su ogni cosa e sul nascere divino.

La volontà invocabile possa su di esse compiere ogni cosa rinunciando a tutto. Le processioni e i veri santuari ti invocano con accordo del soggetto del tuo amore.

Gesù oggetto del mio amore, la mia vita custode della salvezza offri piena costanza nelle mie opere e trovi rifugio da te

Dio

Verifichi in me il cuore perpetuo del tuo amore, in eccelso il sangue e il vino di Gesù supplico me stesso di averti vicino a me con fiducia perché tu sei la mia grande debolezza e vivere con te nella tua bontà. Adoro in te il parlato sacramento che Dio Padre ci donò e nella fede di Gesù Cristo fu il fondamento del mistero. La parola di Gesù figlio redentor fu compita con essa l'eterna carità.

Signore riconosci in noi tutti i nostri peccati, illuminaci e guarisci in noi ogni pietà che ci conduce alla vita eterna.
Dio è la nostra salvezza, la nostra gloria, potenza del nostro signore, non temete, i nostri figli saranno servi dei piccoli e grandi redentori.
Cristo hai salvato il mondo intero tu sei il redentore della nostra pieta conservaci e conducici alla gloria onnipotente amen misericordiosa.
IL signore e la nostra salvezza con la sua bontà mi trasse in salvo. Mai più temerò la luce riconosciuta allo Spirito Santo.
Verifichi in me il cuore del tuo amore in eccelso, il sangue e il vino di Gesù nostro redentore supplico sé stesso di averti vicino con noi con fiducia, perché tu sei la mia grande debolezza e la vita vissuta con te in bontà.
Adoro in te il peccato e il sacramento che dio padre ci dono e nella fede di Gesù Cristo fu il fondamento del mistero e la sua gloria, figlio del redentor fu compita l'eterna carità.
La cena si verificò con voi grandi discepoli eucaristici, grandi fratelli, sacro rito comincia la persuasione innocente dell'angelo di cibo dono.
Il signore pane e vino trasformò sangue, pane e carne e contemplò la fede nei sensi di gloria.
Adoriamo fedeli l'eterno patto che si compi dal fondamento di Gesù.
Prendiamo in nome Santissimo il pane del sacramento e glorifichiamo il nome di Dio onnipotente che con il suo avvento dispose l'angelo benedetto.

Padre Nostro che sei nei cieli sia santificato il tuo nome venga il tuo regno sia fatta la tua volontà come in cielo cosi in terra dacci oggi il nostro pane quotidiano e rimetti a noi i nostri debiti come noi li rimettiamo ai nostri debitori e non ci indurre tentazione ma liberaci dal male Amen.

Prendiamo atto di dono ricevuto dalla beata vergine Maria con l'angelo prosperoso di Dio e la santità del cuor di Gesù Pregate la resurrezione e la reincarnazione del nostro signore Gesù della santa chiesa cattolica e conforta la prova del dolore in tutto il popolo consacrato.

Redenti siete voi liberaci dal peccato e riscatta il nostro spirito con buona e cattiva sorte nella misericordia dei figli del Dio vivente

Concedi la grazia divina proteggi il popolo il papa i vescovi i ministri tutti dai dolori, proteggi l'eterna giovinezza.

Caro angelo sei la verità sei ricongiunto in Dio fa che i peccati si dissolvono assieme a te, la luce perpetua risplende in noi.

Lo spirito in carestia ti riempie di vita, ti dà gioia sperando un in un posto glorificato da Dio nostro eterno

Signore

Manda nuovi operai nelle tue nuove mense e conforta coloro che seguono la prova del decoro conferisci in coloro che giudicano il loro riflesso e il popolo da te consacrato.

Fedeli misericordiosi non invidiate mai il vostro predecessore. Dio col suo divino comandamento hai introdotto selve e piante e fatto spuntare la vera vita misericordiosa.

Dio è celebrato nei cieli e sulla terra è grande la sua bontà, nel dolore grida in lui, mai più ti temerò per le meraviglie che hai compiuto in noi.

La nostra salvezza del nostro signore illumina i cieli e guarda i giusti e i suoi giudizi, i suoi servi e procede con lo Spirito Santo che rende a lui la gloria.

Dio o tuo amore il mio peccato riconosco dinanzi a te da ogni mia colpa, proliferami e purificami di ogni mio errore.

Le mie labbra non assaggeranno ma gradite l'olocausto con uno spirito affranto il tuo cuore fiaccato da te ritorneranno.

La voce griderà la mia salvezza liberami dal peccato e annuncia la mia lode, gloria a Dio.

Anima mia governa in me lo spirito di Gesù apostolo vince l'oscurità e da speranza ad una umanità migliore.

Gesù ascolta la supplica che riflette e adoriamo in te, conducici alla soave vita che ti donò lo Spirito prediletto.

Signore riconosci tutti i nostri peccati e illuminaci guarisci in noi le malattie ed eguagli lo spirito che da pace e amore per noi tuoi discepoli.

Cristo hai salvato il mondo intero tu sei il redentore della nostra pietà conservaci e conducici alla gloria onnipotente amen, Il signore è la nostra sola salvezza con la sua bontà mi trasse in salvo, mai più temerò la luce ricondotta allo Spirito Santo.

INDENNITA'

GIUSEPPE D'ERASMO

INTRODUZIONE

La deducibilità e la vita quotidiana e la convenienza indipendente, riguarda l'organizzazione che viene inoltrato ad esso.
Ritiene ovvio l'itinerario del proponibile libricino nel verificare liberi e omogenei fatti da gesti di casualità della predisposizione idonea alla specifica organizzazione del riguardo.

IL DESTINO RECIPROCO

Mi scaldavo le ossa con un effetto solare intimo e omogeneo mi raggirai dalla loggia e tornai in casa deducendo e seguendo l'origine della

stanza eguagliabile .il lavo ...mi lavai con un gesto accanto a fiori di vasi di porcellana guardando entrambi i lati delle due ante delle finestre mi svestii e mi scomposi indossando indumenti tecnici con colore subalterno chiamai mia

consorella piccolina un bacio e andai via con chiavi e sistemi identici alla mia familiarità e

continuavo a scaldare il dolce rumore del suono

dei sospiri utili. Cominciai a incamminarmi per le vie del paese o aspro dimenticavo il necessario evidente ma continuava a camminare genuinamente orgoglioso ma raggirato da un rumore estivo di caldo e di sole, discusso afoso.

La luce continuava a scalpitare da uguali evidenti ossa con speciali forme., la luce

penetrava nelle orbite gestuali della forma evidente della loro continuità. Una fragile camminata di fronte a me...cominciava a diseguagliarmi e a irrigidirmi ... mi fermai. Le

domandai qual e il tuo nome lei non rispose ma sorrise e andò via tra le righe del paese antico. Mi ritenni fortunato a capirla e a raffigurarle sul suo viso una luce impenetrabile e augurio di intimità e genialità evidente.

Incominciai a ridurmi in piccolezza per dire in evidenzia la gustosa forma di un
gelato, passando da un commerciante., lo salutai
con forme distese e camminate geniali. Trovai di fronte a me un vecchio amico mi domandai
guardandolo nelle sue ombre di abiti discesi e non discussi dalla sua priorità egemonia. Mi
domandai e gli dissi, da tempo che, e da quanto
lui rispose, vado in fretta.
Così si incanalò nella strada e precipitò nella sua casa d'origine familiare.

La mia discesa continuava girai la formata strada e fini per appoggiarmi lieve w condotto su un grato così mi distesi e rimasi da solo con uno sguardo raffigurato con interiorità alcuna. Raffiguravo in te una complicità distinta ma riguardevole con considerazione mi voltai e
rovai un fanciullo camminare per la cosiddetta via interna dove mi vedevo ingenuo.

MI
GUARDAVO E MI SOSTENEVO CONSIDERATO IN
ENTRAMBE LE SOSPIRAZIONI CAMMINAVA IN
UNO STILE ETRUSCO CON VERI E PROPRI INDUMENTI E COLORI PRAGMATICI
e il gentile nero disteso e rotondo iniziatole. Immaginare lui che contribuì al saluto riguardevole e determinata di una camminata

lontana e poi fu indeciso se per lo meno la trama compatito fini in questa eccentrica maniera.

VIAGGIARE PER ROMA

Una mattina mi svegliai contemporaneamente al riguardo delle superfici nel tempo. Con serenità e limpidezza guardavo nel di fuori della finestra. la prima sera mi congratulai con i miei attivi familiari e preparai borse e cartella per il viaggio a ROMA. Mi incamminai dopo aver attuato e preso tutto da casa, la strada che percorrevo era praticamente intercorsa da quella principalmente alla stazione ferroviaria <produzione di verifica e alternazione treni>Passai prima da casa di mia zia salii su la salutai con un approccio morale alto ci stavano i miei piccoli cugini in dormiveglia in attesa di un mattino prosperoso pieno di luce e di un eventuale freschezza.

Andai via nella mia situazione personale formidabile ero altrettanto felice di intercorrere questo viaggio a dir poco reale e dirigo il mio carattere a distinzione con fermezza e caparbietà. Aspetto l'intercity corrisposto in orario dell'8.10 intercorro nel frattempo un dialogo con un individuo a dir poco carina molto gentile si contrae un rapporto idoneo alla caparbietà in quel preciso momento le domandai a qual ora fosse il nome

...FRANCESCA...

Una ragazza a dir poco gentile e carina ed attraente nel suo modo di dirigere le parole vocali la lingua e il suo da farsi è arrivato finalmente e dopo un po' oriento il tutto entro con borse e cartella raccogliendo da terra una monetina che mi era caduta facendo in tempo a prenderla il treno... e mezzo vuoto mi siedo accanto a lei e dirigo l'egemonia stante con francesca ...ragazza composta il quale andava da una amica a fare.... cioè a studiare facendo parte di un corso trasmissivo con eventualità reciproca. Su di giù le parlai e lei mi domando, dove sei diretto, indifferentemente io gli risposi vado a ROMA.

Stazione dopo stazione nel discutere e nel parlare del più e del meno si arriva al capolinea, Francesca se ne andò come un volatile. Io nel tempo discusso e originario scesi dal treno e mi guardai gli indiscussi indumenti nelle borse, verificai il biglietto. Mi fermai e radunato un po' a me stesso mi incalzai una precisamente una sigaretta ma virale. Dopo mi scalzai le scarpe e camminai genuinamente per un bar prendendo un ottimo e comprensivo caffè, mi sedetti al sediolino e cominciai a restare fermo guardandomi intorno e in rimasi intorno a me stesso aspettando cosa! La partenza per ROMA.

Il treno è arrivato mi strazio un po' aspettando la partenza vedendo persone distinte e con trasparenza mi identifico in tutti.

Parte il treno, mi sistemo e dopo un po' passa una persona intenta a controllare il biglietto con trasparenza e indifferentemente dall'altro. Ci sono quattro ore di viaggio e sistemando il tavolino li difronte a me prendo un libricino e leggo e con un quadernetto scrivo il da farsi, da farsi buono e sostanzievole con precisione ed intelletto. Il viaggio e lungo e mi addormento prima di aver bevuto un bicchiere d'acqua ... IL suono e il mormorio della gente mi sveglia ...SONO QUASI ARRIVATO...con prospettiva.

Scendo dal treno e mi ritrovo fantasticamente a ROMA.

LA STANZA

La diramazione e l'attuazione identificata in questo opuscolo in regola e ordinata a riguardo e al discorso non ingenuo ma prospettivo
da
una coppia relativa e definita realizzata che fine discorso ha una
sontuosa morale e determinata
evidenza sul praticato testo evidente di lettura
Una mattina splendida o soave dire mi compiacque un po' e mi
alzai, cominciai a
dubitare di lei e cominciai a intraprendere un
sistema di organizzazione di giornata ma quello era insomma, il
vento che sussurrava e usciva
da quella finestra e indiscretamente mi parlava
di te dolce cara mi condussi ad un sospiro lieve
lieve come te. Mi raggirai nel letto e competitivamente
accesi la tivù ero in stanza.
Dopo di che continuai a stare nel letto e subito scesi con quella bella
sincera e determinante armonia lieve e sospetta. Andando
istintivamente in bagno a levarmi o vero a
lavarmi costringendo l'acqua del lavabo ad
uscire eccessivamente, chiusi l'acqua, finii di
lavarmi e andai con velocità in stanza racchiusa in sé stessa ma
colorata di pitture celesti e mi TRATTENNI

un intimo e reale sospiro. La stanza era predisposta e disponibile, relativa alla

suggestione di rientrarci dentro, di esserci di limitare un rapporto sincero ma evanescente limitato.

Un ragazzo o forse altitudine reale di un adulto rilanciava in me lei, il richiamo di una ragazza dopo ci fu un fruscio dalla finestra e sibilo in pratica il suono del campanello della porta

"Entra" gli dissi e mi disposi insieme a lei nella STANZA.

Prese uno straccio buono, nuovo e comincio a realizzare pulitura di determinati

interni della stanza dopo un po' una spinta nel disordine...MI ABBRACCIO e mi BACIOO.

Rimisi

in ordine le idee mie determinate, lei comincio dopo a pulire un tavolo un tavolo

pieno di libri e quaderni più o meno dire, con raffinatezza e indiscrezione, dopo mi saluto la salutai insieme e se ne andò libero tra le ali di un cielo limpido e sereno

Così il programma e il libricino

favorevole in voi fini di compiere come l'autore il suo atto

RACCONTI POETICI

GIUSEPPE D'ERASMO

INTRODUZIONE RELATIVA

Il concetto di questo libricino è dovuto alla trasparenza reale e relativa di quello che si legge nel libricino dedicato alla gente speciale e corrispondente. Viene qualificata la prospettiva dell'ampiezza trasparente e dei contorni tecnici da sviluppare con il retroscena distinto e ordinato di rielaborazione nel prossimo effetto della corrispondenza fattibile in racconti poetici. Basta solo verificare e leggere attentamente il libricino ed augurarvi una buona ed una classica lettura.

LA STRADA ... Vincolante e la strada con specie di armonie identiche e sovra uguali, disciplinate in te essere pieno di luce. La strada discesa limpida condotta, identica forma indiscussa.

Origine lavorativa intuizioni identiche, la sola solitudine che resta ugualmente, il buio. La notte piena di cerchi frutto della specie, verificata in orizzonte salutandoli in questioni forti... visi...ombre...solamente un affetto allegro orizzonti notturni informa identica ma diverse tra loro. La sola forma tua e te stessa formata da te ti cerco, ti seguo ora con la determinazione ma audace insolvenza.

Forma rettangolare o piazze insolute.

LA FOGLIA...

Origine di tante e soventi rami nascondendo solo la distinzione, la

Foglia.

Origine animale o vegetale in essenza originale della visione

proposta di una

estensione piccola e naturale. Aria cielo e terra la coinvolgono nella

futura crescita mattutina globale, la nostra ed essenziale fonte di

origine

in noi

LA LINEA...La linea in divisione tra te e l'unica vera e identica vita

che ci unisce Vivere con te

senza confini. Vivere divisi .la vita e, conclusione già scritta ti

vedo ma non ti illudo   l'essere

nuovo. Splendida vita. ti riguardo, ti discuto ma la soggezione e pura e

intima in linea fragile ci

ha divisi. Divisone indiscutibile con tendenze fini

e molli. Fammi assaggiare l'ultimo bacio ultima incandescenza

di quel sole che illumina la nostra STRADA E VERITA'

INNAFFERABILE

LA VITA...La vita ti viene data, ti viene assolta da solitudini,

sincere,

nella zona viva, nella tua

vita nel nostro antico ed unico eguagliabile affetto.

Affetto reciproco, affetto pieno e

sviluppato in sentimenti unici. Svelo la tua
coscienza, mi rivedo distratto. La soluzione indescrivibile con

attenuazioni non

sufficientemente ridotte ma solo la luce può considerarsi vita.

PASSERO…Svolazza via verso un cielo infinito

orizzonti fattibili seducenti come una nuvola, lecita a dire ma

vincolante come un frastuono di pioggia. Svolazza via intenso.

Ferma la tua liberta, la tua prigione. Vivi e cinguetta come hai sempre

fatto, alberi liberi, si fermano rimangono in te AUDACE…

Sei sola, audace e ricca di vita

formidabile.

Ritengo giusto necessario intravedere profili in te con

considerazione di

Forme, le tue dita inseguono il vento di un orizzonte deciso e lucido

pieno di cose

discutibili determinate con prodighe e idee
naturali e con congratulazioni affettive in una

vera e propria forma di oscillazione di seguito

ordinata.,
ATMOSFERA…. discutere oppure illudere determinato in

orientamenti organizzativi di

cerchi come il color azzurro del cielo concreti

utili, ideologica verificata essenza in te, corrisposti

da elementi concreti nell'attualità di gente che vede e che risplende
gli occhi della loro atmosfera.
LA COPERTA.... Ti tengo li lassù, su di un letto pieno di morbidezza.
In te vedo e riguardo
indeterminabile una coperta lucida, morbida e
di un'ampiezza che mi dà serenità nel vederti lì.
Con un colore bianco, bianco come te uguale allo stato dove tu lo
trovi lì e vorresti riempire il cielo di caldo.
LA DISTESA....... Ineguagliabile, riflessivo, disposto a
caratterizzare la tua vita.
Sei come una sovente foglia di ramo caduto giù come un'esplorazione
personale incedibile ma comunque reale e vera.
Continuazione indescrivibile, elaborato come un libro fatto
di scrittura ed esame in testo. Precipitoso
LA TUA REGOLATEZZA... Il tuo è un cielo
definito di statistiche uguali o differenti, certi di condizioni
inevitabili a dir poco vedo te,
definitivamente buono parlando di te, di voi.
azzurro divenuto in te come qualcuno che dirsi solitario
ineguagliabile amica mia.
TENERA.... Mi poggio su di te intravedendo cura e tenerezza.
Il mio caldo faccino si consola e ti cerca con profili di
accorgimenti vari
ad un certo punto mi lavo e dopo mi addormento e la gioia di vederti
mi conduce sorridendo a te nei sogni più superflui e belli.

INDICE

Bologna 03 GENNAIO 2022

edito Una vita di stelle library

Group A.V. ITALIA S.R.L.

PART IVA 03624001206

unavitadistelle@gmail.com

www.unavitadistelle.com

Bologna

www.ingramcontent.com/pod-product-compliance
Ingram Content Group UK Ltd.
Pitfield, Milton Keynes, MK11 3LW, UK
UKHW022008190726
13853UKWH00004B/1809

9 791280 619655